娄德平 著
娄正纲 绘

我把太阳喊出来

黑暗中呐喊,
喊出一个太阳来,
红得像婴孩。

中州古籍出版社
·郑州·

图书在版编目(CIP)数据

我把太阳喊出来 / 娄德平著；娄正纲绘. —郑州：中州古籍出版社, 2018.9
ISBN 978-7-5348-8022-3

Ⅰ. ①我… Ⅱ. ①娄… ②娄… Ⅲ. ①诗集-中国-当代 Ⅳ. ①I227

中国版本图书馆 CIP 数据核字(2018)第 216128 号

出版社：中州古籍出版社
（地址：郑州市经五路66号　邮政编码:450002）
发行单位：新华书店
承印单位：安阳市泰亨印刷有限责任公司
开本：640mm×960mm　　1/16　　印张：17.25
字数：110千字　　　　　　　　　印数：1—4 000 册
版次：2018年9月第1版　　　　　印次：2018年9月第1次印刷

定价：49.00元
本书如有印装质量问题，由承印厂负责调换。

序一

当代诗坛的一道奇美风景

德平先生虽然是江苏人，但是他还具有东北大汉的气质。他的新诗，他的旧体诗词，特别是他的俳句，也都具有豪放的气质。

说到德平先生的俳句创作，我想到俳句的发展历史。日本的俳句是从汉诗借鉴而来的，像曹操的"星汉灿烂，若出其里"，像刘邦的《大风歌》，都是日本俳句继承的优秀诗歌传统。日本俳句是大量吸收了汉诗的精华而成熟的。俳句发展到今天，当代人也在努力继承传统并创新，一些军界诗人，如韩笑，还有书画界的许多名家，也都写了不少很好的俳句，但创作数量很有限，影响力也有限。德平先生在中国诗词方面的造诣颇为深厚，从古诗与新诗的诗歌传统继承中发展出了现代诗歌的新格局,他是想把现代诗用新的框架加以规范,探索出一条传统诗与现代诗结合的诗歌创新之路。

最近系统读了德平先生的俳句诗,在汉俳的创作中他有独特的法门:简洁而高雅,深沉却不乏华丽,艺术上有独到追求,富有时代感。芭蕉打破了日本俳句前人歌吟小情小调与小自然景观的格局。德平先生在创作汉俳的过程中,开拓题材,推陈出新,精品迭现,蔚为大观。特别是他写矿山的诗,写出了当煤矿工人的深切体验,字字都是心血结晶,具有独特而深刻的人生感悟。不过,比较起来,我还是更喜欢他写第二故乡东北与旅途漂泊的诗,其人生体验更为深切,感悟也更深沉,情更深,哲理更深。德平先生的风景诗,婉约、豪放皆有,有意境,尤动人。

德平先生比我大几岁,都是七十多岁的人了。虽然人越来越老,但是德平先生能在年老的时候,把俳句作为自己人生的最后冲刺,真是又奇又美的选择。德平先生的书法与绘画很有特色,很有成就,而他又擅长以书法写俳句，又以俳句题画，诗画与俳句完美结合，形成了独具特色的艺术风格。我从德平先生的俳句中学到许多东西，甚至连我也产生了写俳句的冲动。我在长篇小说、报告文学、电视剧本的创作中，也根据情节发展的需要，仿写过俳句，因此对俳句写得好的诗人，很是敬佩。前些时候，诗坛盛行截句，盛行微诗歌，似乎也是受了汉俳的影响，其实现代小诗本就与汉俳一脉相通。所以，汉俳写作应该在当代诗坛占有一席之地，它的影响力也会越来越大。我想，德平先生写下五千多首汉俳，这在当代诗歌界已经具有了标杆的意义。

再次祝贺德平先生系列俳句作品集问世。相信他的俳句作品集的出版，会把当代诗坛的俳句创作推向一个新的高度，他也将在中华诗学的探究中更上一层楼，其俳句作品将成为当代诗坛的一道奇美风景。

曾凡华

2017年9月19日

——摘自《娄德平俳句新作暨东西方百名金牌诗人征集活动发布会》讲话稿

——摘自《娄德平诗选》（六卷）前言

[曾凡华，历任《解放军报》编辑、主任编辑，文化部副主任、主任，大校军衔。现任中国诗歌学会驻会副会长，中国报纸副刊研究会会长，中国报告文学学会理事，中国纪实文学研究会理事，中国作协会员。1969年开始发表作品。1983年毕业于中国人民大学新闻系。著有诗集《洞庭军号》《辽远的地平线》《士兵的维纳斯》，散文诗集《绿雪》（与晓桦合作），散文集《月食》，长篇报告文学《最后一战》、《牺盟·牺盟》、《神农架之野》（与李德禄合作）、《蓝色三环》、《铁马金戈》（与纪学合作）、《湘西大剿匪》（与侯健飞合作），长篇小说《碧血黄花》，电视连续剧剧本《牺盟·牺盟》，大型文献纪录片撰稿《共和国之最》《开国英雄》等。他创作的电视连续剧剧本《蓝色三环》获春燕奖，其他作品先后获得第三届中国人民解放军文艺奖、第十七届中国电视金鹰奖、中宣部"五个一"工程奖、第二十一届中国电视金鹰奖、中华优秀出版物奖等。]

序二

小巧玲珑,气象万千

娄德平先生是一位杰出的诗人。人所共知,毋庸置疑。无论何种形式,他都能驾轻就熟,堪称"百炼钢成绕指柔"。我为娄先生翻译了很多优秀的诗篇,自然深有体会。

今年春夏交接之际,就在我依然沉醉于他那些熠熠生辉的诗篇时,我突然又收到老先生的委托,邀约我为他翻译俳句。这批俳句不仅水平高,而且数量多,多得令我应接不暇,多得令我瞠目结舌。恐怕谁都难以想象,在如此短暂的时间里,老先生居然成批量地发给我刚刚出炉的俳句新作:第一批100多首,第二批300多首,第三批900多首!海量啊!太神啦!

用老先生自己的话说,他正处在创作的高潮,为此他竟然把原来的很多重要社会活动取消，以便闭门写作。

这使我触动极深，以至难以抑制激动的心情，灵感突发，开始用英文写俳句。就这样，在娄先生的感召之下，我一气呵成，写出80首。殊不知，这是我第一次正式地、成批地用英文写作。也因此，这便是我英语写作的发轫点。由此可见娄先生艺术魅力的神奇！

俳句是日本的一种短诗，以三句十七音为一首，首句五音，次句七音，末句五音。后来传到美国，出现用英语写的俳句，遵循的规则大致也是三句十七音为一首，首句五音，次句七音，末句五音。俳句大多为格律俳，讲究韵脚。但是也有宽松式的散俳，可以不押韵，字数和句数也不限。

照此看来，窃以为娄先生的俳句属于宽松式的散俳。但也不尽然，因为娄先生的很多俳句，尽管不在意押韵，但字数和句数却绝对符合俳句的标准。比如这一首：

撒几朵桃花，

一江春水迷住天，

沉下不上来。

娄先生的俳句和他的其他诗作一样,每一首都是小巧玲珑,气象万千。我在翻译过程中,觉得以下种种特色对我感染殊深。

1. 浪漫潇洒

娄先生的诗歌有一个最大的特点就是浪漫潇洒。这在他的许多诗篇中都有明显体现。比如他说神游长白山,而后要去会神仙:

神游长白山,

想借天池洗把脸,

再去会神仙。

2. 底蕴深厚

娄先生的俳句,和其他类型的诗篇一样,处处洋溢着浓厚的文化底蕴，各类典故，俯拾皆是，信手拈来，丰富多彩。比如下面这首，既有宋代大词人晏殊《蝶恋花》中的名句"望断天涯路"，又有老子出关的典故。

望断天涯路，

老子出关谁领道，

青牛哞哞叫。

3. 讽刺辛辣

讽刺的手法在表达情感时能起到非常好的效果，因此这一手法历来颇受文人的青睐。娄先生的俳句里也不乏其例。下面这首俳句里讽刺的是那种吝啬鬼：

瞧这个神人，

铁丝里拧出水来，

玩什么把戏。

4. 空灵轻盈

优秀的诗人都有一双机敏的慧眼,他们能够从眼前细微的事物中看到深邃的哲理,进而以看似不经意的手法表现出来,于是就会写出空灵娴静的诗句。下面这首俳句就是如此,小小的一片叶,小小的一只鸟,在诗人的笔下飘逸空灵,韵味十足。

沉寂的操场,

树上没一片叶子,

飞来一只鸟。

5. 老当益壮

人生七十古来稀,这是人所共知的名言,它既可表现一位老人可以年事已高而享清福,也可反映一位老者老则老矣,但并不服老的精神面貌,所谓"老骥伏枥,志在千里",即是此意。娄先生早已年逾七旬,下面这首俳句里说得清清楚楚，老人家写下面这首俳句的时候已经七十有五，尚多半岁，然而"天赐灵感涌如泉"，依然老当益壮，洒脱至极。

七十五岁半，

天赐灵感涌如泉，

感恩众神仙。

6. 乐观自信

一位诗人是否能够写出感人的作品，其中一个重要的因素就是他是否乐观自信。娄先生是个乐观通达、自信满满的人，这在他的俳句里得到充分的反映。比如下面这首，百花都已开到他心间，而且自信，他就是仙：

人间四月天，

百花开到人心间，

今天我是仙。

7. 自然天成

好的作品往往是自然天成，毫无雕琢，信手拈来。娄先生的很多俳句都是这样的佳作。随便一种景象，在别人眼里并无稀奇之处，但在娄先生眼里却有着深邃的内涵，于是便在不经意当中，被酿造成香醇的美酒。比如下面这首俳句，一个极其普通的街景，却被娄先生写得如此自然，如此生动，一个"煮"字，韵味十足，但却毫无雕琢痕迹。

成都一条街，

空气煮着麻辣烫，

不信你尝尝。

8. 夸张奇特

优秀的作品，尤其是诗歌，离不开有趣的比喻和奇特的夸张。下面这首俳句，写的是深夜喝咖啡的日常小事，然而这种小事却被诗人写得十分奇特，喝咖啡居然能喝出太阳，而且是在深夜时分，其夸张的程度令人莞尔。

深夜两点钟，

喝咖啡喝出太阳，

爱你亮不亮。

9. 优雅清新

娄先生有不少气韵优雅清新的诗作，读来犹如沁人心脾的清茶，令人疏肝爽气。比如这一首：

一叶知春秋，

万古风云一杯茶，

心头醉流霞。

10. 警示中肯

好的诗作往往有隽永的画外之音,言外之意,以及深刻的警示意义。下面这首俳句的言外之意恐怕就是旗帜为自己能在风中潇洒地飘扬而趾高气扬,结果遭到风的无情呵斥。这首俳句显然是在警示人们不要在小有成绩之际忘乎所以。

风对旗帜说,

没我你能飘起来?

你呼啦啥呀?

11. 忧患意识

诗人并非不食人间烟火的神仙,他们生活在现实社会中,对社会上的各种现象都有敏锐的忧患意识。下面这首俳句反映的就是当今社会上存在的心浮气躁、看脸下菜等丑陋现象,以及诗人因此而产生的忧患意识。

你秀我也秀,

帅哥靓女数不清,

乱了日月星。

12. 胸襟豪迈

娄先生是一位性格开朗,胸襟豪迈的诗人。比如下面这首俳句,写得潇洒豪迈,令人耳目一新。

穿越五千年,

群峰当笔天作纸,

写出梦中诗。

13. 勇敢无畏

娄先生是一位具有勇敢无畏气质的人。比如下面这首俳句,气势非凡,令人震撼,一股大无畏的气息扑面而来。

扫平拦路虎,

险恶挡不住真人,

雷声震旸谷。

14. 禅意清心

娄先生俳句的气韵是刚柔兼备,除了一些气宇轩昂的杰作之外,也有不少充满禅心禅意的佳作。比如下面这首俳句,幽静娴雅,禅意氤氲,读来令人神清气爽。

涧流过山林,

摘下几枚嫩竹叶,

煮茶空空心。

15. 生活简朴

娄先生是一位精神矍铄的老者,精力充沛,十分阳光。原因何在呢?读了这首俳句才得知,原来粗茶淡饭就是秘诀之一。

馒头苞米渣,

萝卜白菜水豆腐,

生存全靠它。

16. 事事躬亲

娄先生是一位博学多才而又勤劳的人,从下面这首俳句就能看得清清楚楚。他不仅珍惜旧物,而且为保持旧物常新,不惜事事躬亲。这首俳句对我触动颇深。

亲手刷油漆,

陈旧书架是知己,

伴我经风雨。

17. 大爱无疆

娄先生是一位充满爱心的慈祥的老者。他的许多模范事迹都能充分说明这一点。此外，他在不少诗作中对此也都有明确的表述。下面这首俳句就充分表明了娄先生大爱无疆的崇高品质。

激情荡尘埃，

心里只念一个爱，

宇宙无边界。

18. 淡定人生

人生一世，风风雨雨；只有淡定，才能心静；只有心静，方能取胜。对待身边的是是非非，娄先生报以淡定之心，故而活得潇洒，活得快乐。下面这首俳句告诉我们，娄先生之所以能够如此，是因为他常以淡定宁静的龟为榜样。

老来学龟静，

闭目不顾周围事，

是非耳旁风。

19. 心胸坦荡

君子坦荡荡,小人长戚戚。娄先生是一位君子,因此心胸坦荡荡。而反过来说也是如此,因为娄先生心胸坦荡荡,所以他才是一位君子。有俳句为证:

仁德天下行,

阳刚阴柔惠乾坤,

日月知我心。

20. 正气凛然

正气凛然,气壮山河,这是娄先生的品格。这种高贵的品格在他的很多诗作中都有明显体现。下面这首俳句即是一例。

祖国好山河,

浩浩荡荡天地间,

正气压邪恶。

俳句和其他种类的诗歌一样，尽量以最少的文字、最小的篇幅，包容最多的内容，反映最深刻的道理。娄先生的俳句正是如此。本集虽然只选译了六百多首，但却能像一滴水折射太阳的光辉那样，能够帮助我们管窥到娄先生俳句之海的全貌。

宋德利

2016年11月15日于美国新泽西州

——选自《扯起银河放风筝》

《菩提树上读经文》

《一堆篝火烤黄昏》

[宋德利，男，知名双语翻译家、作家、译审（教授），南开大学和天津外语学院客座教授及文学翻译研究生导师，纽约美国中文电视新闻编辑，曾获得过美国、中国颁发的终身成就奖。已翻译出版书籍：《宋氏小辞典》《宋氏散文译品集》《聊斋志异》以及《西游记》《论语》《迷途的鸟》精粹汉英对照等，共翻译出版各类书籍30多种，获得美、中多项奖项。]

1

黑暗中呐喊,
喊出一个太阳来,
红得像婴孩。

2

海洋连海洋,
它把大陆当小孩,
抱起不放开。

3

茫茫大草原,
成吉思汗快出来,
咱俩比比剑。

4

天上数星斗，
数来数去忘了愁，
银河当枕头。

5

今生大策划，
前世也许是匹马，
来自外天涯。

6

眼里喜悦多，
分给大海万里波，
奏响和平歌。

7

梦在空中飘,
想把星星全醉倒,
地上当禾苗。

8

爱云上高山,
天都峰上我接天,
似在云水间。

9

山高泉水清,
松树扯落五彩云,
阳光进山林。

10

深更无睡意,
生来不知何时醉,
独饮夜光杯。

11

雾重夜朦胧,
山上半夜听鹤鸣,
解衣包天风。

12

腊月地冻裂,
无人来摘松塔果,
个个披上雪。

13

爱心天流泪,
雪花飘落地盖被,
谁在里边睡?

14

借来一阵风,
雪花给大地盖被,
春梦天外飞。

15

风火六月天,
撸起袖子加油干,
汗珠摔八瓣。

16

三间破草房，
处处钻进西北风，
大雪要封顶。

17

泉水哗啦啦，
下山再也难回家，
听天由命吧。

18

眉毛霜成冰，
胡须上头挂冰凌，
迎面刀子风。

19

大风像鬼叫，
狼嚎更显深夜静，
孑身赶夜路。

20

光芒大宇宙，
日月星辰在天空，
和谐乐融融。

21

只要是肉身，
终有一天化尘土，
生命快跳舞。

22

草原神骑手,
追赶太阳不回头,
唱起信天游。

23

眼里无天涯,
乾坤容我纵神马,
笑出白头发。

24

风云荡乾坤,
金钱天问无回音,
答案在人心。

25

坐靠天都峰,
凡身竟在紫宸中,
静听天上风。

26

和尚夜念经,
阵阵风雨来高冥,
树摇金蝉梦。

27

月在头顶上,
深夜沙滩看海光,
浪花点胸膛。

28

山月临小窗,
涧水哗哗乱青嶂,
桥上有人唱。

29

心头一念闪,
穿越时空千万年,
演变大自然。

30

山顶三棵树,
人仰天宇下看谷,
伴鹰问风雨。

日出 2000年 91cm × 116.7cm

31

元旦抬望眼,
七彩云海八仙山,
放马天外天。

32

雷公出营房,
鞭子抽得叭叭响,
震住一条江。

33

听禅画张图,
久在苍山野林住,
哪能不见虎。

34

惠风明月夜,
邀来星云观大海,
浪花唱起来。

35

路路通八方,
龙门山岳佛道场,
庄严看雕像。

36

神游抬望眼,
天是海来海是天,
天海照紫烟。

37

雁荡山出金,
一两石斛一两银,
怕君难得真。

38

清泉弹古琴,
九华山上松成林,
住久得梵音。

39

饮中一名花,
八仙山产八仙茶,
喝了有造化。

40

风竹萧萧音,
紫竹寺院紫竹林,
时有读经声。

41

绝顶有苍鹰,
眼里收尽霜雪风,
九霄试羽翎。

42

老树心已空,
枝干仍然向天升,
何曾惧狂风。

43

游情虽纵横,
晨雾渺渺满长空,
近山亦朦胧。

44

玉泉有清音,
何必嫌山不算高,
声声入云霄。

45

相见总谈笑,
空对日月心火烧,
始知缘分少。

46

生来有个性,
阴阳太极讲诚信,
天下才太平。

47

黄昏湖更秀,
莲花深处看龙舟,
一去三回首。

48

来客越千万,
善恶大小总难分,
何人知我心。

49

云崖站群猴,
想游远天无龙舟,
急得乱点头。

50

冉冉升太阳,
万里海洋齐欢唱,
龙身愿深藏。

51

今夜无月光,
摸黑独行绕村庄,
秋风借佛光。

52

太阳围我转,
有时相见看不见,
知她不离天。

53

醒来知时节,
一场秋雨百花落,
任风去沉没。

54

觉悟莫嫌迟,
持续念诵众佛经,
消除贪嗔痴。

55

老子破天荒,
大风起兮云飞扬,
开地上山岗。

56

昂首闭眼望,
浩瀚宇宙无限量,
何曾有边疆。

57

想让谁来看,
没有阳光没有雨,
还打什么伞。

58

古壶夜光杯,
带来一瓶松江水,
煮开白寿眉。

59

老夫是天光,
妖魔鬼怪无阻挡,
发力震八方。

60

夜幕一张图,
上方星斗没有数,
颗颗涵典故。

61

凌霄一苍鹰,
穿越云海量天空,
风景不答应。

62

卧龙诸葛亮,
奇门遁甲有新创,
万事敢主张。

63

传方不传量,
仁德倜傥谈不上,
古今不一样。

64

东西二面坡,
中间有条流金河,
看破不说破。

65

滔滔黄河水,
奔腾呼啸向海洋,
从不改方向。

66

栽树千万棵,
棵棵结满黄金果,
压得山哆嗦。

67

漫步读夜空,
一潭星月钓秋风,
鱼儿闹出声。

68

滚滚长江浪,
争先恐后奔海洋,
孩儿喊亲娘。

69

洞藏天地郎,
年龄越老越风光,
滴酒醉长江。

70

黄河向东流,
不知大海把它收,
派遣全地球。

71

咱是平常家,
白菜萝卜龙井茶,
催开心上花。

72

人生莫自囚,
谁在林中吟悲秋,
放下皆自由。

73

太阳转身处,
茶山灵芽挂晨露,
亲吻怕沾污。

74

樱花满山坡,
别时皇后花灼灼,
今春开如何?

75

飞舟翻云霞,
绝山怪壁八匹马,
全见头戴花。

76

时风轮流转,
达人高士遍世间,
睁眼就看见。

77

借大山鸿毛,
心花扬起通天道,
一路大红袍。

78

平日常思念,
樱花皇后何日见,
芦湖泡温泉。

燃烧的记忆 2000年 91cm × 116.7cm

79

驾云游长空,
掀起海浪八级风,
壮观与心同。

80

心中常惦念,
五十年来消息断,
偶尔梦中见。

81

自觉有问题,
请来道士鬼谷子,
风云舞足底。

82

阴阳铸天球,
谁说人生不满百,
彭祖八百寿。

83

一枚鲜鸡子,
攥在手心玩半年,
凤凰飞上天。

84

黑白红绿茶,
饮者想选哪一家,
静听我讲话。

85

一别何日见,
多次问君君不言,
再来长悲叹。

86

冷石冻裂天,
剑挑飞雪三千万,
美化我江山。

87

举起一支笔,
天给力来地给气,
欣赏南北极。

88

九天论道场，
风云雷电写华章，
丹心自飞扬。

89

嵩山大法王，
万道佛光照八方，
黑夜也光亮。

90

神鞭扬上天，
鞭炮抽响大草原，
白云一片片。

91

腾起万里风,
天岸鸟会朱砂龙,
同寻宇宙梦。

92

冷石冻裂缝,
剑挑飞雪满天空,
长山如游龙。

93

过了独木桥,
何惧前面弯弯道,
去看海涨潮。

94

袖里过清风,
世人笑我苦行僧,
自觉有使命。

95

生地摸黑道,
过河走上独木桥,
心有太阳照。

96

经历甜与苦,
年近八十才开悟,
方知有与无。

97

狮子滚绣球,
一遍荒野盖高楼,
小名在云头。

98

黑风呼呼呼,
柳梢残月已发乌,
沉雷来何处?

99

喜接太阳神,
七彩光海遍全身,
得道谢天恩。

100

少有移山心,
自笑不是孟尝君,
门下无千人。

101

北风拼命吼,
云过山峰如水流,
一去不回头。

102

游遍千万山,
寻来寻去有善缘,
总算见真仙。

103

千古有定论,
嘴歪眼斜心不正,
心上看阴晴。

104

杏花醉春风,
左右摇摆戏蜜蜂,
似有古琴鸣。

105

天助一把力,
拨开云雾见红月,
且听惠风歌。

106

孔雀见金凤,
猛然一抖开彩屏,
刷亮半天空。

107

鲤鱼跳龙门,
似有翅膀穿云层,
查点龙王宫。

108

卧地一朽木,
浑身尽是蚂蚁窟,
那里有江湖。

109

吹出大草原,
小牧笛长三尺三,
声声动云天。

110

站在高山巅,
眼界无穷世界宽,
心大可装天。

111

阳光来探亲,
老夫忘却夜游神,
心上没有门。

112

山高近天庭,
苍苍茫茫天都峰,
流云来封顶。

113

画魁黄公望,
当头劈面点阴阳,
神笔有金刚。

114

神人开天眼,
惊雷过后是闪电,
长短怎么算。

115

春天栽树苗,
绿风随我争分秒,
从来不觉老。

116

黑夜又早晨,
紫气东来亮光阴,
忙坏赶路人。

117

事来撞人祸,
不怨天来不愿地,
也别怨自己。

118

心里一垛柴,
掉进火星就点着,
能把海煮开。

119

我心是佛陀,
堂堂正正干事业,
从不惧妖魔。

120

探访元大都,
残墙断壁堆尘土,
老树头顶秃。

121

我心红月亮,
而今不知去何方,
向天焚支香。

122

古塔接青天,
嵩山历史亿万年,
风云亲眼看。

123

桥下水溶溶,
流进池塘荡翠萍,
伴春青蛙声。

124

清除忧与愁,
潇潇洒洒度春秋,
心大漏宇宙。

125

掏来银河浪,
增添诗海一滴水,
不甜也不媚。

126

秃笔写大篆,
似有神灵来眼前,
豪气壮云烟。

自由的天空 2000年 91cm × 116.7cm

127

初见菩提树,
我把枝上叶子数,
想笑也想哭。

128

心外无大小,
云游四海得天道,
江湖一担挑。

129

黄河翻浪波,
挥挥洒洒春天雪,
心悬关山月。

130

沿山站头排,
无边梨树香雪海,
远处接云彩。

131

文胆敢包天,
下笔搅乱风云烟,
海浪冲上岸。

132

春访桃花源,
小溪流水香两岸,
竹林弹四弦。

133

山峰依碧空,
独坐松下听泉声,
白云过江东。

134

一字无终始,
大道小道连一起,
迷路问李耳。

135

观潮远处望,
大海向天掀高浪,
令我心欲狂。

136

大雕依青霄，
两眼直把断云扫，
对着太阳叫。

137

烈风扫残云，
万里雪飘天阴沉，
春意满我心。

138

一颗感恩心，
敬天敬地也敬人，
当有精气神。

139

天空明净净,
眼前突现佛光灵,
谁送一朵云。

140

清晨太阳下,
笑看草原六月花,
骑马追飞霞。

141

寒风过丛林,
一只锦鸡依冻云,
声声唤早晨。

142

陆羽写茶经,
咨询多少老茶农,
典上没落名。

143

谁在弹禅琴,
上天长空出梵音,
听见是高人。

144

天压山头低,
飒飒秋风带寒气,
雪花湿地皮。

145

涧水草木间，
哗哗啦啦声不断，
全说想离山。

146

山雾满庭院，
樱花深处鸟声声，
等下写心经。

147

名字太好听，
潮白河畔孔雀城，
何处捡羽翎。

148

全身大气场,
曾经大海冲过浪,
何惧浅池塘。

149

归元好数字,
大道通达始如一,
一字无边际。

150

猛虎出山林,
松风随后入寺门,
未见念经人。

151

谷底石敲钟,
抚摸五棵黑虎松,
高空摘星星。

152

霜花洗秋月,
远空飞来一群鹤,
领头是只鹅。

153

海洋是乐房,
听见太阳把歌唱,
风云齐出场。

154

踏青过山岗,
看见老汉牧小羊,
曙光抱太阳。

155

万物当风流,
大笔一挥龙抬头,
满眼是宇宙。

156

书院老柏树,
看似孤独不孤独,
月亮上天都。

157

黑白一块石，
颜值绝美胜西施，
不需世人知。

158

老夫是玩家，
翻来调去诗书画，
宴请万匹马。

159

喝茶有海量，
总想品尽天下茶，
梦里不归家。

160

三月好季节,
该下春雨却降雪,
天公哪来错。

161

只要睡不醒,
身体拉长我的梦,
直向上升腾。

162

文化在何方,
日月轮回无边疆,
天下人来往。

163

凡人知感恩,
日夜不忘天上神,
捧出一颗心。

164

日月惠乾坤,
西山宝塔高入云,
迎送多少人。

165

神农尝百草,
唯有茶叶全球晓,
更绝数莴蒿。

166

黄河向东流,
世人几番求风头,
如来长发留。

167

剪来万种云,
铺在门庭迎新春,
感恩各路神。

168

面对黑白红,
看透世风一老翁,
装哑又装聋。

169

风大好冲浪,
穿越波涛试胆量,
拥挤大海洋。

170

心存大草原,
万马奔腾天地旋,
何时能停闲?

171

雨后去喊山,
一轮明月上云端,
嫦娥要下凡。

172

久住龙虎山，
哪能不见人炼丸，
莫忘发请柬。

173

人间富贵神，
千家万户撒金银，
看看谁开门。

174

蛟龙戏大海，
陆地沙漠也出彩，
战神亲自来。

瞬间与永恒 2000年 116.7cm × 91cm

175

沸腾大海洋,
白马拉风来冲浪,
阳光齐鼓掌。

176

一地黄花菜,
金光闪闪随风摆,
为何无人采?

177

曹操龟虽寿,
道出世间万古愁,
有事没说透。

178

前程路峥嵘,
磨破足下皮九层,
好在骨头硬。

179

大雨哗哗下,
平地流水起浪花,
闪电过天涯。

180

眼里无风云,
不哭不笑石头人
任你捧出心。

181

风雪脚下碾,
点石叩冰问大山,
剑舞后花园。

182

日月抱怀里,
梦游天下太阳系,
没忘写日记。

183

老夫七十八,
还想天上去种花,
小娄快来吧。

184

月明星皎皎,
夜空好像披战袍,
大海又涨潮。

185

铁铸精气神,
破冰游轮进北极,
雪山笑嘻嘻。

186

天生小神童,
一双眼睛云水洞,
不笑都不行。

187

人生好运程,
一路繁华喜相送,
又见东方红。

188

马快停下吧,
喝口泉水洗洗发,
再去闯天下。

189

一片小树林,
深夜来了一群人,
怕风传声音。

190

生死全看天,
此生从未举钓竿,
打猎更不干。

191

独游老井口,
秋草风中直点头
久坐望星斗。

192

北极很微妙,
冰雪下面有芳草,
绝壁鸟筑巢。

193

身在白云间,
借来天风擦把汗,
再把险峰攀。

194

深山去打柴,
隆冬野外啃冰块,
寒气逼出来。

195

冬天大早晨,
窗外飞来一片云,
叫我快开门。

196

亿年鱼化石,
证明喜马拉雅山,
原来是大海。

197

遇上好年头,
寒冬腊月吃石榴,
胜过喝美酒。

198

雪地弹古琴,
随风又把诗词吟,
天知什么人。

199

贴地围山拜，
看没看见佛陀来，
天门可敞开。

200

月下芦湖静，
游子岸边数星星，
带起阵阵风。

201

胆大破天荒，
自觉心中有太阳，
万世气场强。

202

心上擂战鼓,
挑战自己不停息,
这个是天意。

203

雷雨山狂啸,
洪水冲塌独木桥,
碎木任浪漂。

204

快要入山门,
即听杜鹃迎接声,
叫出童年梦。

205

踏青过山坳,
留下这片狗尾草,
替天做记号。

206

趁风夜来晚,
秋霜探望葡萄园,
留痕包着甜。

207

北极静悄悄,
我在海边打水漂,
天云水里摇。

208

断玩西北风,
披雪踏冰龙头岩,
剑挑一天寒。

209

攀上老龙头,
狂客甩出袖中愁,
对天说自由。

210

生来敢闯关,
掩卷闭目忆江南,
顿觉钟声远。

211

世风穿重林,
此生不忘君子心,
好音过天门。

212

大风云飞扬,
龙凤铁血金戈梦,
擎起八达岭。

213

北极请注意,
今年撒下花种子,
明年装点您。

214

十人九不识,
起名专挑古怪字,
引人来注意。

215

放开手中鸟,
让他露天筑个巢,
总比笼子好。

216

一条凤尾鱼,
摇头摆尾逗猫咪,
小子有出息。

217

面朝东方看,
太阳冉冉出海面,
迟迟不上天。

218

明月落天池,
鱼儿争闻嫦娥衣,
一醉沉水底。

219

一叶知春秋,
万古风云一杯茶,
天上醉流霞。

220

实在按不住,
心中太阳要出来,
游览大世界。

221

月亮好几个,
心中嫦娥变化多,
瞬间有圆缺。

222

云游宇宙间,
太阳相伴度晚年,
不求一日闲。

日月同辉 2000年 100cm × 100cm

223

过了独木桥,
扁担上面睡一觉,
醒来好逍遥。

224

哪个是大侠?
怀揣太阳走天涯,
自心安个家。

225

春神住这里,
室内那块芳草地,
似有鸟儿啼。

226

我心何其小,
可藏天下万卷书,
笑谈今与古。

227

我非天上神,
人间处处遇知音,
日日常开心。

228

日月常推磨,
壮举超迈天河过,
今人唱新歌。

229

静观夜中天,
南宫北斗一经点,
太阳来身边。

230

天空是个海,
雪涛声声送耳边,
太阳来演讲。

231

迎面刀子风,
登山闯进摩天岭,
寒在最高峰。

232

平步可登天,
心在世外云水间,
日月为谁转。

233

看了你的山,
我想借块云头岩,
梦里观天然。

234

鸡窝凤凰窝,
真蛋谁知有几个,
天外去听歌。

235

广宇大寒天,
心中这座火焰山,
火头天上钻。

236

抓来万里云,
挂上新潮诗书画,
看谁是行家。

237

风筝刚上天,
突来狂风把它残,
撕得七八瓣。

238

东海见日出,
红红彤彤开天幕,
万里无字书。

239

天台老梅树,
梦里送来花万束,
难解何缘故。

240

春露润绿岑,
谁说流云没有心,
引我把诗吟。

241

诗锋利如剑,
赶出龙蛇进诗篇,
风云藏行间。

242

放马游天河,
无心想做桃源客,
日子怎么过。

243

出语惊天地,
抽出自己的脊梁,
历史画一笔。

244

夜深灯更亮,
六合城里出勇将,
迎来小霸王。

245

夏夜雾气深,
星月沉沉似怕人,
散步扫风尘。

246

风云大聚会,
各路江湖发狂言,
大眼瞪小眼。

247

挥动蛟龙笔,
心间推出帝王字,
世界看这里。

248

大海调颜色,
等待太阳来泼彩,
巨画真豪迈。

249

常换世间歌,
又短又窄黄泥河,
星星往里落。

250

敬拜太姥山,
不披雨衣不打伞,
风雨洗洗脸。

251

心里有杆秤,
天上星星知轻重,
万物说得清。

252

梦里心许愿,
龙在天上撒春雨,
捡起是美玉。

253

宇宙由谁造,
心儿像云一样飘,
秘密风知道。

254

扇子月下摇,
老树底下唱小调,
乌鸦占凤巢。

255

晚年这样活,
乘铁马驰遍冰河,
唱响感恩歌。

256

春光染早霞,
小鸟叫闹一树花,
装点它的家。

257

黑夜搭舞台,
兴奋当数萤火虫,
个个打灯笼。

258

山顶一棵松,
像把绿伞擎碧空,
指令雨和风。

259

海天睡一起,
太阳出来才分开,
霞光卷铺盖。

260

地跟着旋转,
天向舞者来助兴,
小心别掉星。

261

白天放云云,
那不是我是山鹰,
黑夜牧星星。

262

天啊好月亮,
大匠之门敞开了,
进入太阳光。

263

选盲人领道,
自己却闭上眼睛,
掉进了深坑。

264

地上套马锁,
套不住天上的马,
别白费心思。

265

夜静栗白雾,
高山泉水悬瀑布,
浪里滚珍珠。

266

人脑珊瑚石,
大海赠我做标记,
秘密无人知。

267

红黄吉祥色,
早把好运接家里,
挥笔写历史。

268

桃花醉清泉,
一路小曲出了山,
海在哪一边?

269

冲天腾起龙,
翱翔去寻宇宙梦,
不用借助风。

270

我在天地间,
总觉天外还有天,
梦里喜相见。

共生 2000年 116.7cm × 91cm

271

来人有先后,
古巷悠悠通九州,
岁月难收留。

272

深山云清闲,
哪位风神作天篆,
美化大自然。

273

惊断北极梦,
送出太阳全归来,
个个都说冷。

274

自觉有气场,
碧海蓝天当张床,
睡上日月光。

275

星云落尽砚,
借来月光画江山,
太阳天上悬。

276

清泉水断流,
滴滴水珠敲石头,
声声入深秋。

277

仙鹤对鱼说海,
水中的天是假的,
带你游银河。

278

饮了云雾茶,
伴月千年做计划,
天上太阳花。

279

熬得星星落,
心里有话对谁说,
大海掀浪波。

280

凤凰举大旗,
一条龙脉头上起,
强风扫邪气。

281

黄昏日未落,
忽来大雪满山野,
谁唱大风歌。

282

清晨北风冽,
麻雀枝上啄冰雪,
半空飘云朵。

283

心里有个天,
万朵牡丹话箴言,
都说我是仙。

284

寺院响钟声,
五台山顶紫气腾,
天马满晴空。

285

秋雨洗尘埃,
一行大雁剪云彩,
声声响凉台。

286

成败由人说,
火旺水深都经过,
扪心不哆嗦。

287

放钓整半天,
连条小鱼未见面,
反倒乐自然。

288

威名山岳重,
贪吃贪喝大饶虫,
来路全不明。

289

秋后桂子落,
风吹个个滚下坡,
松鼠笑呵呵。

290

九条朱砂龙,
搅起蓝天白云升,
半夜亮繁星。

291

壮举惊天地,
纵横驰骋大舞台,
神人不演戏。

292

天地都已老，
灵台长满花与草，
常人找不到。

293

点燃一炉香，
天机就在香火头，
怕你看不透。

294

世间谁来管，
天堂地狱昆仑山，
人鬼伴神仙。

295

狗是真君子,
跟随主人无二心,
善恶总不分。

296

宇宙大自然,
禅语神邀如是观,
不分人与仙。

297

云里飞来歌,
谁在山头把我接?
好美醉天乐。

298

一声猎枪响,
半山飞鸟乱飞藏,
个个无主张。

299

太阳睡大觉,
星星月亮齐发笑,
没它咱真好。

300

诗意满大海,
海鸥纷纷叨起来,
对着阳光晒。

301

牧童捉蜻蜓,
追来追去乱扑腾,
羊群来助兴。

302
禅无处不在,
若不信去问达摩,
忘记我姓空。

303

一亩泉水旺,
龙鱼游在水中央,
吞吐浪里光。

304

庄周来寻梦,
劝得蝴蝶直发愣,
好好睡别醒。

305

空中勺子星,
拿下舀来海中水,
旱地不干渴。

306

我爱你北极,
向海抛去一枚石,
浪花好惊喜。

307

飒飒树林中,
一地黄叶怨秋风,
凄凉太绝情。

308

山林鸡破晓,
茶香云间风醉倒,
赶来张果老。

309

来吧日月星,
在我指尖跳个舞,
困了心里住。

310

金龙缸中游,
何如沟里小泥鳅,
天天得自由。

311

见不到太阳,
不要说没有太阳,
肯定有太阳。

312

小小一颗心,
绳索捆绑一层层,
时时受苦刑。

313

生在山窝窝,
白昼黑夜想唱歌,
心头追明月。

314

纵横无边际,
穿越时空观天地,
传五洲信息。

315

大美兴凯湖,
梦里是我酒一杯,
喝口就沉醉。

316

天空飞白鱼,
山纵山横由它去,
任河唱小曲。

317

古茶五十年,
泡出岁月怎么看,
从容如是观。

318

苦笑人生观,
日子过得像秋蝉,
寒霜遮望眼。

日月 39 2008年 144cm × 75cm

319

池内无活水，
哪有龙门在上游？
鱼儿别发愁。

320

蚂蚁大搬家，
突然暴雨哗啦啦，
队伍散了花。

321

天上日月星，
梦里全被我叫醒，
个个说有梦。

322

勇士骑骏马,
飞天赶来披彩霞,
半空撒蹄花。

323

梦飞天上歌,
撞掉星星三千颗,
煮了当粥喝。

324

踩断雷雨声,
夜空披上小黑裙,
哪里去找星?

325

哪来一股风，
太阳掉进冰雪城，
冬夜也温情。

326

河水随山转，
两岸青山云里站，
中间一线天。

327

斜阳落山下，
禅院灯光软绵绵，
月牙挂中天。

328

挥去西天霞,
停下战马脱盔甲,
捧起玫瑰花。

329

天上日月星,
给我事业照前程,
和平贯长空。

330

放眼看宇宙,
苍鹰叼来一天秋,
巅峰亮歌喉。

331

生命何其短,
帝王霸业能几天?
历史无情面。

332

享受大自然,
暴风雨中游千山,
出门不带伞。

333

抬头远端详,
十五月亮照家乡,
泪水用斗量。

334

无心相对抗,
封锁不住的太阳,
还会给你光。

335

玩转阴阳球,
自古诗人强说愁,
不说不风流。

336

向大海叩头,
冲浪给个好浪头,
狮子滚绣球。

337

无意来彰显,
一笔飞越天外天,
生灵全呈现。

338

孤独一老人,
篝火旁边放风筝,
天上写经文。

339

酷夏六月天,
太阳像个火蛋蛋,
咱心有冰川。

340

游遍五大洲,
自古诗人多忧愁,
笑着把泪流。

341

飞鸟如白云,
一片湖泊盖住了,
鱼儿偷着笑。

342

湖泊一根草,
天籁在上跳舞蹈,
大海猛涨潮。

343

遇上一群狼,
自觉小命没指望,
神兵从天降。

344

达人登高台,
万里香雾天门开,
侠客快出来。

345

打碎玻璃缸,
放出龙鱼进长江,
海洋有天堂。

346

阴阳大自然,
画出男女两座山,
根根紧相连。

347

天上开个洞,
飞出神龙和彩凤,
大地要宴请。

348

孤独老乌鸦,
拼命飞进天鹅群,
叫喊找知音。

349

空空无古籍,
重阳书院来人稀,
小风摇树枝。

350

借来日月光,
抄起波浪做天堂,
见海就疯狂。

351

蛟龙游长江,
一路豪歌追波浪,
海上出太阳。

352

焚香拜佛陀,
梦里几度上银河,
伸手玩星波。

353

慈云眼前过,
北美作协捧日月,
著作有几车。

354

野甸小池塘,
八方来风无阻挡,
三面送太阳。

355

顺应大自然,
飞禽走兽靠边站,
中间作讲坛。

356

邀来天外霞,
小用热量三万卡,
写龙蘸朱砂。

357

黄河敬我酒,
奋力捧出一壶酒,
让我独占有。

358

皓月挂中天，
万里江山披银衫，
雪地听灵泉。

359

宇宙大讲坛，
时光演戏谁点评，
日月常争论。

360

自身不小看，
浪花云影任裁剪，
海在心里边。

361

横下一条心,
子夜登上南天门,
迎接太阳神。

362

一池轻浮萍,
风不来动鱼来动,
伴奏有蛙声。

363

松风洗征尘,
高山流水觅知音,
看破天上云。

364

真心修道人,
少如晨星惜光阴,
天不问众人。

365

曙光谁挡住,
摘来乌云下锅煮,
清气上天书。

366

天天来冲浪,
心被大海洗瘦了,
身骨强如钢。

和合 31 2003年 144cm × 75cm

367

八方去寻觅，
心月同光照恩人，
静下听声音。

368

千古留史痕，
龙门石窟找身影，
不假也不真。

369

称仙又称神，
千古圣贤是达人，
有心也无心。

370

冻石刻好汉,
儒释道神全包含,
冰雪围身转。

371

性情长江水,
高山重重拦不住,
擂海当面鼓。

372

卧观山海经,
思来想去心里空,
忽见太阳升。

373

悬崖依半空,
苍鹰叼云欲上冲,
翼上响雷声。

374

好美啊月亮,
李白中午酒杯里,
那是太阳光。

375

天地齐打造,
有根扁担可睡觉,
练走独木桥。

376

山顶披霓裳,
老鹰不愿里边藏,
飞去看海洋。

377

人参涧边生,
听惯飞瀑弹琴声,
自叹是老翁。

378

水上赶太阳,
冲浪玩出新花样,
抓住就碰响。

379

远望关山月,
银河琴瑟起洪波,
箴言对谁说。

380

灿烂的银河,
波山浪谷故事多,
星瀚你说说。

381

黄叶落半天,
秋声多在山林间,
有人在喊山。

382

善恶要分清,
因果从来不会空,
正道去修行。

383

清气随笔走,
水墨丹青画九州,
祥云绕高楼。

384

一夜风卷火,
山山水水都喊热,
老天放银河。

385

推响青春梦,
激荡扬起一条龙,
冲霄扫长空。

386

身在云雾间,
心里仍然有蓝天,
踏破风雷喧。

387

感恩日月光,
福寿齐天三乐堂,
子孙年年旺。

388

星球千千万,
梦里幻化天外天,
震撼大自然。

389

云崖怀中揣,
泼墨出一段江山,
阴阳由你看。

390

雨后夜幽静,
满池月光度翠萍,
伴奏有蛙声。

391

春风荡翠林,
香山顶上会卧云,
不忘她是神。

392

黄山最高峰,
俯瞰西山架长虹,
足下云奔腾。

393

卧云飞来石,
一旦春风扶我起,
腾空千万里。

394

谁说硬怕软,
山山都是花岗岩,
水围山转弯。

395

游园有点凉,
晚来秋风雨加霜,
黄叶乱飞扬。

396

春雨扯起风,
笑醒十里桃花梦,
云里飞来峰。

397

大海是知音,
冲浪天堂想留我,
伴他观赏云。

398

鲲鹏去侦探,
翱翔宇宙飞天砚,
独创新纪元。

399

心头起了火,
千山万水全点着,
不能不唱歌。

400

天上飞彩霞,
喜借东风过海峡,
高山泡壶茶。

401

老来惜分秒,
花光月影杯中泡,
壶里知茶道。

402

忽来西北风,
排走雪山岭头云,
苍鹰飞入神。

403

天壶撒开口,
日月星辰往里流,
一梦品千秋。

404

深山采蘑菇,
呼呼啦啦穿林过,
小心万丈谷。

405

仲夏夜之梦,
白马黑马任驰骋,
身后撒星星。

406

远古的回音,
伴随江山在跳动,
隐藏海浪中。

407

冬夜风雪狂,
山脉卧在大地上,
等待太阳光。

408

蛟龙戏海涛,
万里云天看涨潮,
太阳赶来了。

409

天堂在人间,
灵山秀水小江南,
神赐一线天。

410

狂草如马飞,
云烟四起山巍巍,
试笔是钟馗。

411

眼下多乱象,
阳光落在水中央,
山水挂天上。

412

书法大字海,
万古风云天门开,
字字是灵台。

413

静立砚池边,
心上慈云笔下禅,
香火总不断。

414

老僧小和尚,
坐在松下石头上,
念经送夕阳。

自然 6 2008年 128cm × 93cm

415

不用打报告,
正月十五吃元宵,
星星下锅了。

416

抖动心上弦,
自信会有天籁音,
静下细细听。

417

钟声滚清晨,
东方巨龙一翻身,
挤碎半天云。

418

醉醒呼神骥,
云梦旧游八万里,
敢把天当诗。

419

霜柒叶知秋,
岩石清泉自在流,
羚羊攀山头。

420

高峰云雾间,
峡谷响瀑珠光散,
飞雪荡白烟。

421

山水有灵性,
常来梦里笑出声,
怕我睡不醒。

422

高山霞一朵,
神鹰叼来送给我,
上方写诗歌。

423

对天洒老酒,
送给星星解忧愁,
醉了我收留。

424

洪钟开新元,
飘风流水虎头山,
梵音大自然。

425

高人站顶峰,
拨正乾坤念真经,
江山见太平。

426

风云过小亭,
静听一山花木声,
禅在我心中。

427

眼前如是观,
山高松在云里边,
泉水去问天。

428

时光赶出风,
心空不语禅无声,
喜悲全忘净。

429

头枕昆仑山,
天风海涛入梦眠,
宇宙无门槛。

430

无形金丝线,
思乡想把古琴弹,
声声出心间。

431

崖上抖风尘,
常笑浮云无底根,
塔立山头稳。

432

老字不沾边,
足敲山路雷一串,
逼风退出山。

433

书香出庭院,
醉倒清风一大片,
不敢再动砚。

434

寒气入高楼,
月在窗外添新愁,
可惜人白首。

435

西来沙尘暴,
遮天盖日乱狂嚎,
群山一阵笑。

436

漫天写心经,
菩提树上读经文,
真真平常心。

437

长空亮堂堂,
一声春雷震天响,
草木把头扬。

438

醒世一声吼,
滚滚长江不回头,
圣贤放歌喉。

439

长叹风消沉,
冲浪天堂放开身,
大海知我心。

440

顶峰在画外,
笔下江山任涂改,
山门不乱开。

441

远天来钟声,
紫气祥云盖楼顶,
放出探天龙。

442

抖起云和风,
大笔纵横像条龙,
腾飞上高空。

443

太阳要出来,
五彩祥云把路开,
气势真豪迈。

444

天门一打开,
神仙跑出一大半,
争着来人间。

445

按住龙泉剑,
荷花落尽秋水寒,
谁钓水中天?

446

松涛出海音,
缥缈千山古弹琴,
醉落天上云。

447

登上八达岭,
心上天台把剑横,
看谁刮邪风。

448

游子想爹娘,
春夏秋冬四处望,
天空是故乡。

449

万龙戏大海,
朵朵浪花天上开,
太阳迎出来。

450

踏遍三江水,
笔下自有灵光泻,
蛟龙冲银河。

451

阴阳出太极,
天宇外象谁统筹,
定会有信息。

452

性来举千觞,
喝醉杯中红太阳,
伴月梦春堂。

453

堂堂大宇宙,
圣火熊熊铸高楼,
金光越九州。

454

阴天重重雾，
难见芦湖真面目，
岸边跳个舞。

455

赤足赶时尚，
神骥驮我雪峰上，
梦里抱凤凰。

456

华山翠千层，
一条老路通顶峰，
天道云海中。

457

闭眼望雪山,
银龙横卧背靠天,
享受大自然。

458

山崖牵牛花,
攀上云岩看笑话,
有时想回家。

459

宇宙大变迁,
前头掉下一块天,
捡回敬祖先。

460

狂来轻世界,
醉里未忘大酒海,
李白快点来。

461

佛光照真身,
悠悠流云是我心,
海外去探亲。

462

山底到山上,
岩壁留下字行行,
泰山很欣赏。

天使之声 1990年 65cm × 80cm

463

轻轻抚摸她，
一块顽石说了话，
我愿变朵花。

464

修行登遍山，
洗心自有先天水，
不必去求泉。

465

无须问原因，
上天掏来智慧水，
清洗心上尘。

466

乘船探风险,
见到海浪去洗天,
蓝光来遮掩。

467

梦里得天竺,
醒后挂上擎天柱,
宇宙里边悟。

468

长空雷声喧,
流云随云去过山,
风儿要造反。

469

流露滴芭蕉,
内里含义风知道,
问它无话聊。

470

风筝带朵花,
呼呼啦啦去天涯,
那块有仙家。

471

知己已过世,
我心再无有人知,
天问留支笔。

472

流云随心造,
导弹卫星银河炮,
地球偷偷笑。

473

智商有高低,
呼风唤雨一小子,
如今已呆痴。

474

流云当护照,
过关谁敢耍娇毛,
天下任意造。

475

头上出灵光,
脑门放开大气场,
发力冲八方。

476

自信有底气,
放开笔墨写大字,
天地连一起。

477

上天七彩云,
幻化绝顶现真身,
好个大美人。

478

箱根春雨晴,
樱花蒙蒙湖水清,
自觉是公卿。

479

天大比武台,
刀枪剑戟全甩开,
气功抡投拍。

480

老板泡君山,
铭香飘出茶叶店,
一街眯眯眼。

481

时机不等人,
亮出才智去上任,
乱世莫乱心。

482

江上一孤舟,
风寒月冷水悠悠,
远处人夜游。

483

身在碧云中,
万里征程借大风,
吟经拜大风。

484

寻遍大森林,
只见芳华不见参,
采空半山云。

485

望断几层云,
才见山顶站个人,
披风绣金银。

486

云南座座山,
嘉木花草连上天,
算不算人间。

487

清气泡茶山,
哪来世外老八仙,
陆羽没出现。

488

山顶向东看,
天天都把艳阳唤,
句句是箴言。

489

禅房一整夜,
半轮月亮当茶点,
太阳闯出天。

490

老少整四辈,
合力能把黑变白,
那可不是吹。

491

微信一串串,
好像银河星星闪,
怎么数得完。

492

族谱三千卷,
多少种族没包含,
君子不站偏。

493

儒雅梁实秋,
满园果子他不收,
上山找猴头。

494

两只小京巴,
长毛短毛通人性,
主次分得清。

495

肉眼见不着,
神游八方话山河,
别看没长脚。

496

一树罗汉果,
个个都是龙凤窝,
朋友别嫌多。

497

天空风雨洗,
巨大气场猛发力,
宇宙写新史。

498

时代大中国,
压住风云压住波,
高唱梦里歌。

499

搅混三江水,
乌龟大鱼全放走,
专门摸泥鳅。

500

请来小三毛,
吃完苹果吃葡萄,
爬山莫说高。

501

串串山葡萄,
黑紫黑紫要燃烧,
天啊如此好。

502

足下雷激荡,
撞得舞台直晃荡,
信乐更疯狂。

503

红尘任它起,
刮骨钢刀压心底,
寻宝去山里。

504

巨人猛敲钟,
春云带飞昆仑梦,
漫天响雷声。

505

星月天泛白,
江山万里心上飞,
独饮夜光杯。

506

原本很简明,
翻来覆去说个空,
经外还有经。

507

灵活木偶人,
演艺高超绝了顶,
后边有支撑。

508

君子好威仪,
避谷贪黑去山里,
小心踩蚂蚁。

509

纵笔画山水,
万里云海气象多,
内涵谁解说?

510

大海涌浪涛,
弯弯曲曲岛连岛,
好像红玛瑙。

黄土地 1990年 65cm × 91cm

511

展开丈二匹,
心里画风从头起,
烦事全忘记。

512

谁立一把剑,
锋光闪闪刺黑暗,
瞬间大无限。

513

夜色好平静,
地下千尺有雷声,
凡人听不清。

514

故事来自然,
宇宙童话上万篇,
来自天外天。

515

头上没五官,
引来行人转圈看,
惊艳乱指点。

516

路旁紫罗兰,
开花就招人摧残,
光杆保身安。

517

摩天大昆仑,
巍然屹立冲霄汉,
风云如是观。

518

山里挖野菜,
白眉老翁正打柴,
天黑空回来。

519

对天对地喊,
不忘大海和地面,
声音总不断。

520

黑黑独头蒜,
吃进嘴里有点甜,
身价翻几番。

521

半碗白开水,
串串眼泪里面飞,
来了飞毛腿。

522

岩石当床卧,
欣赏众星捧明月,
闭眼等天落。

523

临建小山村,
几户人家雪中隐,
春来何处寻。

524

弯弯老河套,
玛瑙究竟有多少,
去问土地老。

525

清风明月夜,
大海听我来演说,
高兴奏浩歌。

526

带着三乐堂,
走遍环球大气场,
互动增力量。

527

此处有界限,
白云要过得交钱,
好恶鬼门关。

528

钓尽五湖春,
送给天外机器人,
快来扫灰尘。

529

世上添狂颠,
张旭千万别躲闪,
见了准瞪眼。

530

秋风骚绿苔,
凉气遍山容颜改,
白云开天外。

531

野风撒寒霜,
倚松静坐云崖上,
太阳来手掌。

532

浪花向岸飞,
暮霭沉沉风号吹,
海鸥轻点水。

533

谁会数风流,
人来人往不断休,
莫问有何求。

534

谁说空悠悠?
今日又登黄鹤楼,
黄鹤在上头。

535

风狂山不睡,
老天遇见伤心事,
流云擦眼泪。

536

六神已无主,
问君何处有冰壶,
就在眼前土。

537

风尘水污染,
胸中自有天然泉,
见人分一半。

538

次次来黄山,
风景绝甲见佛光,
不想上天堂。

539

拉动万缕霞,
天马雄风飞踏燕,
蹄下落星花。

540

天外几颗星,
玩玩玩进我心里,
不必问来历。

541

天知是何意,
凤凰飞到鸡窝里,
卧下不想起。

542

提笔入墨海,
犹如蛟龙把浪排,
天门全打开。

543

万物含灵光,
石头也像人一样,
丑美有思想。

544

始终自庄严,
曾是一座天上山,
涅槃在人间。

545

北极有鸟山,
飞起能遮半边天,
鸣叫破冰川。

546

磨破千方砚,
写不尽一段云天,
字字如亮剑。

547

蘸一天云水,
纵马掀起心中幻,
画万里江山。

548

风神睡不醒,
天降大雪封山林,
无声胜有声。

549

天恩心知道,
浪迹天涯人未老,
两极怀中抱。

550

奔腾万匹马,
踏起一河水浪花,
溅湿朵朵霞。

551

望断天涯路,
老子出关谁领道,
青牛哞哞叫。

552

好大一张画,
整夜观赏没到边,
有水也有山。

553

巨浪迎面来,
重重波涛全推开,
大海搂在怀。

554

人生很玄秘,
成败由天也由己,
取舍莫迟疑。

555

万物有气场,
咱太阳就是太阳,
发出正能量。

556

铜铸一条龙,
道是无情亦有情,
伴我万里行。

557

金陵梅花开,
流韵似有琴声来,
独上观象台。

558

长江奔大海,
前进方向从不改,
东去不回来。

古香 1990年 65cm × 66cm

559

绘一张图腾,
万里风云任调动,
亮亮你心胸。

560

彭祖八百寿,
耕阴播阳讲风流,
论道不陈旧。

561

两山夹一川,
峡谷突起龙头岩,
风水轮流转。

562

家在樱桃园,
山傍海来海靠山,
岛上多清泉。

563

山上舞宝剑,
雪落风云八千万,
足下有江山。

564

玩转太极球,
掌上风云知春秋,
万事知因由。

565

柴门对天开,
祥云化作甘露雨,
遍地放光彩。

566

似梦不是梦,
燃烧黑暗的太阳,
从海上崛起。

567

心里有座山,
白天黑夜去登攀,
太阳在上悬。

568

断崖站只鹰,
风雨雷电来问它,
你还不出征?

569

走出象牙塔,
笔下自出大文章,
风云一齐上。

570

拍一拍冰川,
啃一口千年老冰,
北极化心灵。

571

看地狱天堂,
太阳之子的梦想,
宇宙全明亮。

572

远处有洞天,
车托夕阳不下山,
鹰冲云霞乱。

573

星云有翅膀,
谁见过他在飞翔,
佛陀对你讲。

574

孤独的声音,
一只布谷鸟在叫,
早晨啊黄昏。

575

宇宙的旋律,
大海天风三尺浪,
看你怎么唱。

576

头发全白了,
到哪里寻找净土?
问佛佛不语。

577

我心有个海,
月亮一旦掉进去,
别想捞出来。

578

地上套马索,
套不住天上的马,
别去瞎张罗。

579

冲起拍天浪,
化龙看我白头翁,
撕破一海风。

580

霜叶红似染,
霞光鲜艳半边天,
贪看不下山。

581

刚刚过完夏,
半池绿荷一朵花,
也够心悦啦。

582

啊,我的童年,
八月十五喝稀饭,
月饼天上见。

583

心里酿出酒,
恭恭敬敬敬神仙,
成全我大愿。

584

九十九道弯,
黄河留恋昆仑山,
浪里有诗篇。

585

邀来白龙马,
唤醒万里海棠花,
山河起舞啦。

586

月推嵩门开,
银河星浪汇成海,
松涛滚滚来。

587

踢开拦路石,
抡起板斧劈开荒,
种五谷杂粮。

588

巡视大堡礁,
海浪捧献珊瑚脑,
顿时心开窍。

589

小时的池塘,
比现在的海还大,
老小孩常说。

590

刚登半截山,
已见寺中香火烟,
只带心来见。

591

涧水静静流,
一堆篝火烤黄昏,
三个打柴人。

592

山山排成行,
敞开胸怀向太阳,
听海把歌唱。

593

全身都是经,
那匹白马有神灵,
怕你读不懂。

594

雷鸣山不倒,
破屋又遇风雨暴,
遭殃反倒笑。

595

红笔一打叉,
开门敞开一道花,
神魂算到家。

596

小院独举杯,
且邀广寒宫里客,
伴唱饮酒歌。

597

海浪送黄昏,
子夜诗神来串门,
慷慨高声吟。

598

哈哈一阵笑，
梦里我是大鹏鸟，
你别不知道。

599

站在高岗上，
对着深谷撒下网，
带起风光响。

600

深夜两点钟，
喝咖啡喝出太阳，
爱你亮不亮。

601

心上升太阳,
光芒万丈射八方,
任黑洞寒凉。

602

春色染绿水,
梅花淡淡香慈云,
法雨润心田。

603

金杯琉璃杯,
杯杯盛满风雨雷,
喝下撞心扉。

604

童年中秋节,
想吃月饼天上看,
月亮能解馋。

605

昼夜观天象,
跑遍南北找龙脉,
准备把楼盖。

606

尾巴黄河北,
万条龙身泱泱晃,
龙头过长江。

春秋的风 1990年 65cm × 91cm

607

壶中漂缘云,
一品即知雨前茶,
清爽味特纯。

608

修行问自心,
菩提树上读经文,
莫听雨弹琴。

609

秀峰站只鹰,
飒飒英姿傲长空,
笑迎日月星。

610

观海莫酥软,
涨潮落潮由他便,
兴衰随自然。

611

天马一抖擞,
双翼张开扫横秋,
世间好兆头。

612

狮子滚绣球,
上来下去不停休,
神态乐悠悠。

613

喝杯碧螺春,
洗落心头几片云,
图个清静身。

614

心画日月光,
接通宇宙众气场,
凝聚正能量。

615

银盘方中圆,
朝气氤氲碧云天,
宝剑换古砚。

616

谁在云里站,
四平八稳一座山,
矗立天地间。

617

悠然当如云,
收放舒畅不随风,
身在无极中。

618

腊月寒气重,
西风不断故乡梦,
醒来睡不成。

619

心意日月知，
忧乐天下已尽力，
任人乱怀疑。

620

放出条条龙，
戏罢海洋戏天空，
醉倒日月星。

621

你不是鸟虫，
踩着树梢过日子，
你别耍大胆。

622

他像老河套,
弯弯绕来绕弯弯,
心在哪道坎?

623

蚂蚱吱吱叫,
一群小鸡齐乱跑,
蚯蚓暗地笑。

624

铺上丈二宣,
五色墨花撒上面,
染水也染山。

625

神龟万年寿,
帝王用它驮石碑,
插翅也难飞。

626

见海就发狂,
我想冲浪进海洋,
油画还装框。

627

曙光来扮演,
铜铁汉子抽钢鞭,
叭叭震天响。

628

活佛赐仙丹,
灿烂红光甘露丸,
含下不想咽。

629

黄叶唰唰响,
秋雨打落一只蝉,
掉在池塘边。

630

风雷响海音,
巨龙腾跃过天门,
满天飞祥云。

631

借来太阳光,
妙笔纵横出华章,
字字有气场。

632

风对旗帜说,
没我你能飘起来?
你呼啦啥呀?

633

人工小池塘,
青蛙跳在荷叶上,
呼叫红太阳。

634

成败问自己,
莫在月下醉光阴,
真金铸灵魂。

635

庄严飞来石,
擎起黄山一片空,
求它龙凤生。

636

真情惠乾坤,
大象无形化幻境,
开道助我行。

637

纵笔画万象,
人柱更比神柱强,
吞吐太阳光。

638

携卷登山唱,
天空上下吐氤氲,
何愁无知音。

639

收放由主观,
玉柱擎起半边天,
阴晴随自然。

640

好风惠乾坤,
日月之心光灿灿,
照亮世间人。

641

孤身山里行,
静坐冷石听天籁,
眼不想睁开。

642

指间春风起,
扯落天上一片云,
雨里听蛙声。

643

撒开飞毛腿,
身后甩出一串雷,
鸟儿乱成堆。

644

无心求金银,
文人自有文人乐,
说什么清贫。

645

请关公巡城,
再邀韩信来点兵,
工夫茶走红。

646

春色刚泛绿,
老牛贴地吃嫩草,
半天没吃饱。

647

小溪哗啦啦,
活蹦乱跳小羊羔,
不知啃草芽。

648

操起长江水,
拍拍脑门洗洗头,
问天我想游。

649

万物有神灵,
南极北极任我行,
焚香敬天公。

650

开窗迎秋风,
望着嫦娥吃月饼,
举酒敬星星。

651

掬起山泉水,
洗净童心一天愁,
不做分外忧。

652

若心空无极,
人生不是一杯酒,
也非一场戏。

653

万物有轮回,
前世我是菩提树,
梦在天上飞。

654

望君山上峰,
藏在茫茫白云中,
淡薄人间情。

无涯——黄山 1997年 96cm × 132cm

655

冲浪戏风波,
试海胆量不说破,
人生无穷乐。

656

海涛浪花多,
处处伴我迎日月,
总有话儿说。

657

定住山和水,
一方天印盖下来,
万里天门开。

658

明知没有戏，
总画大饼来充饥，
长久会饿死。

659

金鲤池中游，
看似自由不自由，
活得啥尽头。

660

女娲想补天，
放眼天下已无山，
踹地问因缘。

661

纵马天地间,
成吉思汗来眼前,
神化大草原。

662

登上昆仑山,
放声呼喊众神仙,
让我看一看。

663

真情惜岁月,
奔马纵笔画山河,
狂洒一路歌。

664

搂住太阳神,
好好一起谈谈心,
天外可有人?

665

紫气抱日升,
潮水大浪岸上涌,
听听海心声。

666

长声长长声,
日月星辰是听众,
唱歌加念经。

667

洗净一双手，
捧起雪花煮黑茶，
再去饮黄酒。

668

月光刚上岸，
大浪迎接龙头岩，
深海去游览。

669

滔滔长江水，
从古至今向东流，
未见回过头。

附录

健步走世界的书家
豪情溢天地的诗翁

刘晨芳

如果我告诉你，我这里有一位书法艺术家、诗人、艺术活动家，他集美国东西方艺术家协会主席、国际诗书画协会理事、亚洲孔子协会常务理事、中国诗酒文化协会副会长、中国国际教育家协会名誉会长、中国美术家协会荣誉理事、（美国）中国艺术中心董事、全球艺术家联盟理事会常务理事等近百个头衔于一身，你可能并不觉得奇怪，因为在当今这个时代，有着诸多头衔的名人名士并不鲜见。但是，你见过这样的协会主席吗？他创办的东西方艺术家协会不分国家，不分地区，不分肤色，不分政治观念，不分宗教信仰，打破任何藩篱，唯以才识人；而且不收取会员的任何费用，哪怕起码的成本费用。全是倾己之囊，搭建一个中西方艺术交流的平台，让艺术家去展示自己。艺术家功成名就之后，他却悄然退身于幕后，全然不计个人的名利得失。可能会有人说，如果有，那这个人一定不是圣人就是疯子！其实，这个人既不是圣人，也不是疯子。他是一位平凡而伟大的书法家、诗人、文化活动家——娄德平先生。说他平凡，是说他像许多人一样丰硕得之于辛勤；说他伟大，是说支撑他挥毫书与诗、穿梭东西方的不平凡的胸襟。

　　采访娄先生之前，已经听说了一点他令人赞叹的故事：不光解私囊办协会，他还治家有方，打造了一个不折不扣的艺术之家。把大女儿娄正纲培养成在海外与陈逸飞、丁绍光齐名，被华人世界推崇为书画奇才的才女；二女儿娄正嘉、三女儿娄正千和儿子娄钟元，也都在国内外书画界有着不俗的成就；尤为难得的是，在他的影响下，四十七岁才开始学习油画的太太郭东坡女士，如今已成为被称有凡·高风格的画家，教妻成材实属鲜见。他是怎样酝酿着事业家庭双丰收，又有着怎样迥于常人的个性人生呢？

穿梭东西方的文化使者

1996年秋天，娄德平来到纽约，同夫人郭东坡、三女儿娄正千生活在一起。当时早已成名的长女娄正纲在联合国做事，常在那里办展览。当时有人请他在中国艺术中心当董事，就住在现代美术馆的隔壁。这使他更加充分地感受到了真正的纽约艺术氛围。纽约是个艺术之都，来自世界各地的成千上万的艺术家会集在这里，华人艺术家在这里也比较集中。

但渐渐地，娄德平发现，在这里东方的作品非常少，特别是中国艺术家的作品更是少之又少。还有一件事对娄德平的触动很大，一百多岁的王季迁老先生讲，当年梁启超到美国，买下了一个画廊，作为从事革命活动的掩护，后来把画廊卖给了美国人；老先生还在报纸上看到，著名书画家李叔同带着中国艺术家的作品到美国参加世界艺术作品展，却一幅作品也没有被选上，这对李叔同的打击很大。这件事给他带来了新的冲击和思索：首先，由此看来，中国人在纽约有着很好的开办艺术机构的探索；其次，连李叔同这样的大家在中西艺术交流中尚且遭此冷遇，可见西方对东方优秀艺术了解的广度和深度还有很大空间。"要把界分打破，让东西方不再有鸿沟，整体人类一定要有一个智慧的交流。而且要把这个交流普及化，铺设一条更现代化的交流道路。"胸怀爱国之志的娄德平，被这个想法充斥着。他觉得促进和加强东西方艺术的交流和互补是一种迫切的时代要求，作为一名艺术家、一名炎黄子孙，责无旁贷。于是，组建东西方艺术家协会的念头在他脑子里萌发了。

娄德平放弃了即将和家人共度的夏威夷之旅，开始奔波于海内外，探讨论证、筹措资金、申办手续、联系展地……

1996年年底的一天夜里，娄德平激动得拍案大叫，原来"东西方艺术家协会"几个字合起来竟然是极难得的八十一画（按古体字笔画算）。按照数理关系的说法，这个数字九九归一，还璞归元，万物回春，是谓开泰之数，非常吉祥。这让通晓数理关系的他更加自信。协会的会徽是娄德平亲自设计的。红日正中，三条垂直白线的两侧为对称的月牙儿。红日遍照全球，象征人间万象的生生不息；一左一右的月亮代表东西两半球；三条白线里含着中国道家三生万物的哲学精神，亦可象征竖立着无数的艺术之柱。会徽可谓简洁独特、含意深刻。协会成立后，受到很多朋友和同行的欢迎和追捧。王季迁在成立大会上盛赞："娄德平先生成立东西方艺术家协会之举正合我意，我曾刻了一枚'不是东西'的章，它的深意是搞艺术应该不分东和西。"

经过将近三个月的紧张筹备，1997年1月17日，由中国、美国、日本等二十多个国家和地区艺术家组成的东西方艺术家协会在纽约曼哈顿城中国艺术中心成立了。协会成立的当天，该会便在中国艺术中心一至四楼举办了九个展览。中国文联副主席吕厚民、沈鹏、李默然被聘为协会名誉主席，杨仁恺、黄苗子等艺术家任协会领导，还有冰心等任顾问。《世界日报》《星岛日报》《侨报》及北美卫视等新闻媒体及时报道了协会的成立盛况，引起世界各国的瞩目。

东西方艺术家协会成立二十年来，先后在美国、中国、加拿大、法国、澳大利亚、日本、阿根廷、韩国等地举办了一百余次大型艺术展览和文化艺术交流活动。

中国黄山的奇松云海、中州的钧瓷工艺、吕厚民等中国名家的摄影，在西方的广垠画廊中一展风采。十多年来，平均每年要有两三个展览走出国门，向海外友人展示中华民族的优秀文化，让金发碧眼的外国人更多地了解中国。如今，东西方艺术家协会会员已发展到一万余人，分布于中、美、英、法、德、俄、意、日、澳等三十多个国家和地区,在海内外声誉远播。

跟世界上任何一个团体相比,不同的是,这个协会的所有经费都是他自己掏的,甚至连奖品都是自己准备的。娄德平把自己的作品收入、养老钱、孩子孝敬他的几百万元资金统统拿了出来。而他的宗旨就是自己付出,帮助更多艺术家,为他们谋出路和发展。很多艺术家起初生活举步维艰或展出缺资时,他都无私地出手相助。正如他自己说的"钱舍出去我高兴,拿过来了我心里不安"。把私人财产用于协会,对其尽职尽责,展览结束后把展品退还本人,此举在国内外任何协会都是绝无仅有的。

作为东西方文化交流的使者,娄德平付出了太多的心血和汗水。每一个展览,从选题、筹划到联络,从筹集资金到组织作品,从租用场地到媒体报道等,娄德平每次都操碎了心。特别是有些展览有社会效益而没有经济效益,他都毫不犹豫地"垫付"或无偿支出。

提起这里面的故事娄先生津津乐道:

李德生在钓鱼台极力赞誉协会为一大批国内艺术家走出国门、走向世界艺术殿堂，铺就了东西方艺术交流的桥梁。

1999年在中国美术馆举办世界华人艺术精品大展，全国人大常委会原副委员长许嘉璐在开幕式上高度赞扬东西方艺术家协会在弘扬中华艺术风采、促进世界文化交流上做出的杰出贡献。东西方艺术家协会向各国的艺术家发出邀请，很多作品都是首次面世。

协会的展览推出了许多原本默默无闻的艺术家，改变了其命运。比如，南昌籍的石刻艺术家胡一平，初到美国后郁郁不得志，有个台湾人同情他，每月给他生活费，但把他的篆刻作品放在库房里，既不卖，也不展览。娄德平亲自考察以后，决定给他策划展览。面壁十年石留影，一朝得以破天惊。胡一平的石刻艺术展一举成功，其代表作《为和平祝福1999》被联合国秘书长安南先生收藏，安南先生还亲切接见了胡一平先生。石刻浮雕作品《苹果》被时任美国总统的克林顿先生收藏。现在胡一平在美国颇有名望。

福建省昭明寺画院的院长朱伯芳擅画华南虎,娄德平先生将他的一幅《高瞻远瞩》在亚洲青少年盛典展出,一举成功,被日本前首相羽田孜大加赞赏,并宣布挂在国会里。

还有一个例子是安徽黄山的画家江观潮,娄德平先生亲自去其家里帮忙挑选照片。在娄德平的精心策划下,在纽约为其举办了个人巡展,黄山一年四季变化无穷的云海给全世界带来一场视觉的盛宴。《新华日报》等用大幅版面进行登载。

现在协会有来自三十多个国家的一万多个会员。通过展览,有人获利,有人得名。协会扶持了这么多艺术家,只是给他们提供了一个交流和展示的平台,展览完了作品还给艺术家本人,绝不染利。

2009年春节前和江苏省文化厅联合搞改革开放三十年迎春书画大展。在北京、香港、澳门、深圳、上海等六地举办"祖国在我心中"书画展览作为国庆节献礼。

这是2009年协会的大举措。

笔者问娄先生:"在功利横行的当今时代,很多协会都是以挣钱为目的,有的甚至打着慈善的名义敛财,而您却这样不知疲倦地无私付出,到底是为什么?"他很动情地说:"协会像是我最亲的亲人。我要对其尽心尽责。这个世界上多一些艺术家,就会多几分安宁和谐。为此,我愿竭尽全力,充当一辈子的桥梁和使者,四处奔波是我的宿命。"

书画之家的艺术"教父"

娄德平教子齐家最令人称奇。孩子一个赛一个地有出息。

二女儿娄正嘉,曾留学日本、美国,学习美术、服装设计和珠宝设计。由于她善将珠宝款式与服装款式融为一体,故而颇受海内外业内人士的关注。她的抽象艺术作品曾在纽约多次展出并获佳誉，她的诗作入选美国出版的当代诗选集。

三女儿娄正千，画家、诗人，曾在著名书画家齐白石大弟子娄师白先生门下学艺，1995年以最高分考入纽约时代艺术学院油画系，二十四岁就在纽约举办了首次个人画展。作品、传略载入《世界当代著名书画家真迹博览大典》《中国人才辞典》《中国女人在美国》等书籍。

儿子娄钟元五岁时写的"春满煤城"四个大字深受当代著名诗人臧克家喜爱。六岁时书法作品便在全国儿童书法大赛中获奖。

妻子郭东坡原来并不喜欢画画，但娄德平不想让妻子成为平庸的主妇。改变对方是不易的，为了让她学画，画布的钉子他硬是用手摁进去，手指染血红肿。妻子深受感动，四十七岁才开始学油画，现在居然也成绩斐然，被人称为有凡·高的风格的画家。

然而最让他引以为傲的，还是他倾注心血最多的大女儿娄正纲。大女儿娄正纲的作品曾以单幅五千万日元的天价被收藏家买下；联合国总部为她举办过书画展，并将她捐赠的二十二幅作品印成明信片在一百四十个国家发行；作品《飞逝的花》被联合国选用印制成"国际减灾十年"首日封……1993年，娄正纲在人民大会堂举行仪式，捐赠一千万元设立"正纲教育基金会"。她的高超艺术和爱国义举也使她在海外声名鹊起。

正纲六岁起，父亲便对她进行严格而正规的书法培养。十岁时，正纲的字已是笔法有度，颇具功力了。父亲把女儿的作品推荐到了市里，引起轰动。随后，娄正纲的作品在省里书画展上再次引起轰动。为了使女儿的书法有更大的飞跃，娄德平带着正纲到江苏、浙江、上海分别拜访了著名书法家林散之、费新我、武中奇、萧娴、沙孟海等，又到北京拜访了名画家吴作人、董寿平、李苦禅、黄苗子和王雪涛等国内一流大家。

1979年春天，父女俩在北京荣宝斋上演了一幕为国争光的传奇。日本书道家代表团一行三十九人访华时来到荣宝斋。负责人安排娄正纲和日本书道家们切磋技艺。

在荣宝斋的大会客厅，铺好了两张丈二长宣。一看是个小孩子，写字投入，日本书道家立即就围过来了。娄正纲酣畅淋漓地挥笔写就了李白的诗歌《早发白帝城》。顿时一片惊叹声啧啧而起。接着，娄德平即兴赋诗："神州花天下，四海画镜中。中日友谊深，墨香飘天涯。"女儿将这首诗挥笔写下，赠送日本客人。日本书道家们连声赞叹"中国书法后继有人"。团长崛江和彦感慨地说："我们一定以正纲为榜样，培养像她这样的少年书法家。"因为这个天才少年，改变了日本人对中国书道界的看法。第一次世界书法大赛，全世界就她一个孩子获奖。

从第二天起，《北京日报》《光明日报》《人民日报》《中国青年报》《解放军报》《中国少年儿童报》《人民中国》等媒体竞相对娄家父女采访报道。中央新闻电影制片厂摄制了《祖国新貌——小书法家娄正纲》在全国影院放映。这一传奇事迹还被编入了小学四年级的语文课本。赵朴初先生亲笔题诗赠赞。远在美国的世界著名科学家李政道、牛满江从《北京周报》上看到娄正纲的书法作品，亲笔给娄正纲写信，赞扬她用书法艺术为祖国争了光。

就在发掘娄正纲的第二天，教育部、中央教育研究所决定将娄正纲作为"儿童智力开发研究对象""特殊才能儿童"，送到中央美术学院进修学习，并由当时的文化部部长周扬、教育部常务副部长董纯才、总参赵勇田、中央教育研究所朱长春和中央美术学院院长朱丹任监护人。

在邓颖超、康克清等老一辈革命家的关怀下和朱丹的安排下，十四岁的娄正纲进入中央美院深造。父亲则一直都是她的书法老师。

从此，娄正刚的作品更是名声大震，为荣宝斋、宝大斋、北京书店、中国美术馆等收藏，并被送到日本、加拿大、澳大利亚等国家展出，名扬海外。她被刘海粟、赵朴初、舒同和启功等著名的书法家称为"书坛升起的一颗新星"。国内外这么多人关注这个横空出世的小神童,这在"文化大革命"刚结束后的一段时间里是绝无仅有的。

耀眼的辉煌背后是常人难以想象的困难,娄先生和大女儿在北京求学的三四年间,全家六口人在五个地方生活,居无定所,在城里城外先后搬了二十八个住处,可能是中国最早的北漂了。

1986年,在父亲的极力坚持下,娄正纲只身赴日本早稻田大学自费留学。在她去日本之前,父亲先发了几箱子书过去。

风雨之后见彩虹,一年后,大学没有读完,"娄正纲书展"便轰动东京,并征服了日本书法界!1987年,娄正纲第一次在日本举办书展。此次书展,共售出作品价值三千五百万日元,其中的一幅作品被三井银行总裁以两百万日元购进,高挂到银行办公大厅。三年后,娄正纲又举办了"东方旋律——娄正纲书画展",获得了更大的成功。《太阳之声》居然售到五千万日元的天价,轰动全日本。至1993年,娄正纲在日本各地先后举办了十七次书画展,并再次声震东瀛。日本前首相中曾根康弘甚至称她为"天赐超人"。后来,娄正纲的作品进入国际书画界,也获得了极大的成功。联合国前秘书长加利等亲自接见了她,并为她在联合国安排了书画展……

娄正纲是中国第一个捐款的留学生,1987年便向宋庆龄基金会、全国青联捐款。1998年7月,为了报答父亲和祖国的培育之恩,远在他乡的娄正纲在人民大会堂将一千万元人民币捐赠给了国家教委,设立了中华人民共和国教委"正纲艺术教育发展基金会",当时也是九州震动的一件大事。

父亲眼中重要的是他的永远长不大的女儿。说起女儿来,他的慈爱和幸福随着他脸上的笑纹在画室里荡漾开了。

最让娄先生震惊的是正纲写的"一",一张纸上"一"字起笔似有万钧之力,卷起奔涌的墨涛,势不可挡。把笔势和无限的想象留在了纸外,意犹未尽,力道都在纸外。娄德平震动了:"女儿,你想把地球转几圈?"当时的书协主席沈鹏看见了,惊叹她的才华,提出想见见这位异乎寻常的书道奇才。她的作品充满了创作的冲击力和爆发力,常常是五六米长的纸幅四个字就能写满。因为她画画写字的量大了,前年发现她的胳膊和手都有点变形了。

在日本,有八本教科书的封面是她的画作;还有不少粉丝,专门建房子存放她的作品。

娄正纲在日本有这么高的声望,也产生了很大的社会影响力,获得很高的经济效益。在任何场合,不管日本人对她如何看重,她始终高高昂起头颅昭示自己是个中国人,让世界知道中国有个娄正纲。她到台湾,和支持陈水扁的博物馆馆长发生冲突,出书时正纲把与其相关的内容全部删除。从各国政要到联合国秘书长,正纲都有接触,但她家里从不挂和政界人物的合影。她出的书里往往只搁一张自己的小照片。按她的国际声望,申请任何国家的护照都是没有问题的,但她依然使用中国的护照。她说她的作品不会留给家人,准备捐给国家。她曾经向国家博物馆一次性捐赠三十四幅作品。

在娄正纲的画室里,高挂着父亲给她的题词:"刚阳当如日,阴柔当如月,威严当如山,健行当如水,悠然当如云。"女儿的偶像永远是父亲!

"笔下有活龙"的独特书家

墨池瀚海深沉醉,舒张有致写人生。经过长期的修炼与陶冶,娄德平拓展了与自然本体合一的开阔心胸,形成了笔力雄健、挥洒自如中透出端庄与雄浑的艺术风格。形诸笔墨时,必然出遒劲凝重、气势磅礴之笔墨,于飞笔走墨间构筑畅达淋漓的意境。

能集中体现他这种精神的代表作当属气贯长虹的"龙"字。中国在长城举办申奥活动,展示了娄德平十米多长的"龙"字,此字用的是中国书法最传统也最见功夫的中锋行笔，重墨飞白，锋藏笔势。写的时候身随笔走，笔牵心动。莫说落笔成文的作品，单是写的过程中腾挪辗转，运笔的起落捭阖都是一种力量与美感的享受。娄先生体格刚健，精力充沛，激情澎湃，即使在半夜里书兴起来后也会披衣而起，率性泼墨。因此，他的字是与其性情、学养，乃至饱满的精气神的统一体。"龙"字的每一笔、每一点墨都超越了笔墨本身形质的局限，蕴藏着爆发之力和生命律动，体现的是中国龙壮怀激烈的精神。有人认为"娄德平笔下有活龙"，很多模仿者写很多年也写不出娄先生的韵致。

2015年7月，游走过南极的娄德平先生又豪情四溢，抱着"给北极带去一群太阳"的热忱之心踏上了北极大陆。他带去了自己的书画作品以及茶具等中国元素。对这个严寒世界的热爱让他情不自禁地掀起衣服，把极地冰块捂在胸口去融化……在一艘聚集了十四个国家游客的破冰邮轮上，他和国际友人友好交流，虽然语言不通，但并不妨碍大家情感的交流。后来他还展出了《中国梦》

《宇宙万象》等书画作品，尤其是其中的一幅字，"中国梦"三个金黄色遒劲的大字在鲜红的条幅上熠熠闪光，迎风飘扬在北极的天空下。这组作品使国际友人对中国精神、中国文化有了非常直观的感受。

寄情诗歌的大爱诗者

古道热肠的娄先生的存在向世界展示了一种稀缺的人格：别人对他付出点滴，他必涌泉以报；生活虐我千百遍，我待生活如初恋。必然地，世界也会回馈他的宅心仁厚：七十三岁时还能在澳洲激情冲浪，在南极健步如飞，诗情澎湃的他还要再出几本诗集。

生于1942年的娄德平出生于江苏省邳县（今邳州市），祖上世代为书香门第。新中国成立前夕因时局混乱而亲人离散，在国民党军队服役的大哥把小德平接到了南京暂住。后来大哥一家又迁往台湾，娄德平顿失了家庭的温暖。十一岁那年，疼爱他的二哥娄德藻把小德平接回了老家。颇有学识的二哥下决心将有志气的小弟培养成人。虽家境拮据，但二哥卖血也要供弟弟上学，教他《三字经》。二哥教他练字习帖更是不遗余力。疼爱他的二哥，是他的书法启蒙老师。时至今日，娄德平提起恩重如山的二哥还感而泣下："有一次二哥累得都吐血了，昏倒在桥头……"

1954年，为了生计，二哥闯关东到了黑龙江，第三年便将娄德平也接了过去。德平在艰难持家的二哥的资助下继续学业，生活的苦难给了他发奋学习的极大动力。不料祸从天降，1961年，娄家受到了别有用心的人的诬陷，说什么在台湾的大哥回来要阴谋策动，组织"反攻大陆"。除了小德平以外，娄家的几个弟兄都被抓了起来。

腊月的一个深夜，他孤身一人在北大荒的冰天雪地里赶路，去求一位亲戚解救无辜的二哥。其间有二十多里路，野狼横行，他怕发出声音招狼，就把大头鞋扛在肩上，在冰雪上奔跑。寒风刺骨，娄德平是怀着悲壮的心情走完这段冰雪孤旅的。在与死神赛跑的殊死时刻，他在心底发出了悲怆的呐喊："我要把冰敲出火，去点燃这干裂寒冷的天空！"这不是矫情的浪漫，是真实彻骨的感受。娄先生回忆起这段经历的时候还是忍不住哽咽泛泪。

1962年，初中毕业的娄德平再也不忍心拖累二哥一家，毅然决定去鸡西煤矿当了一名矿工。凭着坚如磐石的意志和吃苦耐劳的精神，他迅速在三百多名工人中脱颖而出。正常情况是半年才能升到三级或四级工，但是不到两个月，他就转正成了五级工，因为他的拼命三郎般的干劲，屡屡受到上级的表扬。领导朋友都争着给他牵红线，但他都婉言谢绝了，因为他隐瞒了自己地主加官僚还有海外关系的出身，报的是贫农的假成分。他觉得对婚姻尤其不能欺骗。

一次，他因生病写了一张假条，不料这假条却意外改变了他的命运。假条上颇有功力的字迹引起了矿领导的赏识。当领导得知娄德平的学历及自学书法和文化等情况后，就把他从井下调到了井上，去做工会宣传工作。这件颇具传奇色彩的事在矿区轰动一时，娄德平的书法很快在矿区出了名。从此，读书、练字、写诗成了他生活的主旋律。书法不断在省里参展，青年书法家的称号不胫而走。在那个动辄以阶级标准来划分人的时代里，"地富反坏右"出身的娄德平给这些论调以沉重的一击。

他就是这样，用意志和实干改写着自己的命运。青少年时代，他觉得不公平，但没有仇恨，依然对社会、对每一个人都热忱真诚，所以一贯人缘极好。除了积极进取这个人生信条外，与人为善是他一生的为人指南。娄先生的家在北京国贸附近的繁华闹市中，家里常常是高朋满座，人来客往，简直是社会各界聚会的沙龙。

娄先生以常人罕见的包容、慈悲的宽阔心胸包容着这个世界。他说，谁上午能插我一剑，下午我还能把他当作朋友。他的心可以让仇恨放下剑柄，没有妒忌，没有仇恨。尽管对自己很节俭，但遇到别人饥伤病痛的时候，他都慷慨出手。在他眼中，没有穷富贵贱的各色人等，大家都是平等无二的生命。

对素不相识的艺术家他都是这样真诚地扶植他们。也有很多人欠钱不还，有人为他打抱不平时，他说那是我上辈子欠他的，心态豁达到这种程度。他说如果有更多的财产他都会施舍给尚在苦难中的人。不管对方对他如何，他都用一颗善心来回报。他感谢那些给他人生道路设置障碍的人，说他们给了自己变相的压力和动力，使自己没有倒下去。即使别人骗他一千次一万次，他也决不骗别人一次。这些年来，借过他钱的人有二三十位，金额加起来怎么也得有二三十万了。"有一天把这些借条全部撕掉了，心里那种轻松畅快真是难以言表的。"

把苦难化成动力，苦难也是营养。用实力去征服人，用人品去感动人，用改变去影响人，用状态去燃烧人，用行动去带动人。

"志道据德，依仁游艺"，娄先生无论困顿时还是富有时都保持着中国温柔敦厚、德行皎然的君子风范。成名后，找他索字的人很多，但他为自己制定了不为世俗写字的"三不写"原则：依权仗势的不给写，钱多傲物的不给写，舞姿弄色的不给写。但济贫捐款、布施寺院、为艺术活动、为灾区义卖他都义无反顾地慷慨出手。不为世俗写，为慈善写，也许他是天生离道很近的人吧。

当笔者问他为什么生活赠予他这么多的苦难，他却仍以极大的热情回报生活时，他说："我的哥哥对我的影响特别大，他对任何人都这样，哥哥比自己德行高。我是属皮球的，压力越大，弹得越高。我念兹在兹的就是只要真善美在每个人身上存在，社会上就会多一些和谐。"

"少年不恋色，壮年不贪权，老年不守财"是娄德平的人生准则和真实写照。很多人越老越守财，而他准备把家里收藏的众多的字画古玩统统卖掉，全部用于东西方艺术家协会的艺术交流。在他古雅诗意的工作室内，笔墨纸砚、书籍报刊的墨香浸染着访客的心扉，使人倏然忘倦。紫砂壶里茶香萦绕，博古架和大台案上陈列着古玩玉器，无声地言说着主人的柔风韧骨、闲情雅趣。

瓶子里几颗彩色的舍利子给整个屋子平添了几分禅意。娄先生有着神奇的佛缘,他常常有缘分得到一些高僧大德的舍利子。他说屋内所有的摆件,只要有人说喜欢,他就毫不犹豫地奉送。对这个世界,他有着心里舍掉过,又重新拿起后的洒脱。

诗歌像紫砂里煮的茶一样,是他生命里不可或缺的饮品,滋养着生命的光华,一颗栖居着倏然豁达的心灵是诗歌最天然的温床。如果不是培育孩子花费了他太多的心血,中国诗坛一定会多出一位更出色的诗人。迄今为止,娄德平投出去的诗稿没有被退稿的。诗心不老的他在孩子们成功之后,继续发展自己的诗才。说起来自己的诗,他张口就来:"经过几个寒冬,至今没有一个固定的小巢,春雨洗亮了你的羽翼,但你仍然没有忘记在冰雪的荒原上把干瘪的草籽寻觅。抖一抖翅膀,你真想呼叫,只有你自己明白,你的心是哭还是笑。望远山,群峰在云雾中飘摇,阵阵暖风吹不去的终身的忧患,何处才是你欢乐幸福自由的小岛?"(《小鸟》)这首诗触动了很多海外游子的心弦,很多人听到后都哭了。翻到自己在草原上的照片,他满怀激情地吟咏:"天上奔驰一匹匹黑马,空间挂满铁青色盔甲……龙门从来就是一道关卡,对强者和弱者从不开闸,跳过去的是龙,跳不过去的仍然是鱼虾。"

近两年来,俳句成了娄先生创作的新宠。从2016年2月至今,他一共写了七千多首俳句。他是一位高产俳句的创意诗者。而且他创作的俳句都是宇宙视角、天地格局下的大手笔,天上地下,天马行空,十维上下,没有界限,心移物转,转瞬万里。他像是接通了灵感的传感器,下载着海量的信息,笔端解码着奔涌而至的灵感压缩包而录之不及。"岁月五千年,正史野史轮流编,赫赫阴阳间。""高楼向外看,云来云去向苍天,有谁不在变?""梦里彩石补天,醒来山围我转。"在他这里,年龄成了无意义的数字。"老夫七十八,想上天上去种花,小娄,你上来吧。"有三次一天创作超过一百首的记录,最多的一天创作了115首,可谓高产。这背后推动他的是他生生不息的生命能量,是他与天地连接而来的源源不断的灵感。

笔者问他:"您现在事业顺畅,儿女称心,您还有什么遗憾吗?"娄先生没有正面回答,而是吟了几句诗:"我的心从梦中飘出来,再做梦时,我已经没心了。"诗虽短却耐人寻味,从诗情如火到人淡如菊,里面浸染了娄先生经历过大风大浪后的淡定、知足、感恩和超脱。笔者还在回味这首诗,他又淡淡地说:"跟过去不同,过去做事有压力。现在做事没有压力,放下了执着。过去像马,过去看到马我就有奔腾激越之心,好像一匹随时可以应战的战马。而现在似龟,什么事都不着急了……"如果说过去更多的是有着马的激情和奋进,现在更多的则似龟的沉稳、持重。跟过去执着拼搏相比又多了几分淡定和从容。他的书艺和诗歌所融注的玄妙义理、朴拙洞见,柔化、渡化、净化、洗练了他岁月的铅华,留下了秋水文章不染尘的淡泊诗心。即使如此,几近耄耋的他仍不失年轻人的热情亲切、真挚率性,仍然精神饱满，老骥伏枥，壮心不已。谈到开心处，爽朗激越的笑声便会飘向窗外。他的生命底色主色调永远是明亮而喜乐的，如同太阳，温暖终始；如同大地，养育万物！